歌集

けやき道まで

飛鳥井和子

青磁社

けやき道まで＊目次

飛鳥井和子歌集

けやき道まで

ほのかな温み

朝まだき居間にほのかな温みあり夫《つま》のカップの机上に白く

調剤を告ぐる点灯つぎつぎに夫の枠のみいつまでも黒

カチーンとボンベ触れ合ふ音冴えて酸素届きぬ夫の生命綱

はなやぎし日

仏前に男雛女雛を飾りゐてはなやぎし日の声の聞こゆる

プロ野球の開幕観ては冬越せる喜びとせし夫いまはなし

枕辺にいつもバッハを聴きゐたる君の孤独の今迫り来る

亡き夫は子の掬ひえし金魚さへ死にゆくものと悲しみにけり

とんとーん階段降るる音すなり確かに亡夫《つま》のやや歪みたる

魂守るごとく

山藤は信楽《しがらき》の難見つめ果て魂守《たまも》るごとく谷間に枝垂る

横笛の一吹きのごとうぐひすの声通りたり五月雨の庭

京童の「郵便屋はん走りんか」はやしたてたる町角も消ゆ

嵩のあるエアメール来ぬこの掃除ささつと仕上げ孫子《まごこ》に会はむ

雨ふふむ紫陽花を掌に包みゐてやはらな髪の老い母想ふ

童の笑み

老いの坂越えゆく夏に背負ひ来し夫落ちにけり鬼奪ひにけり

「一人になる心の準備しなくては」ぽつりと言ひて背を向けし夫

呼びかけに童の笑みを返しぬと一行光る死の床の日記《にき》

一点の紅と化し夕陽落つ夫の鼓動もかく止みたりき

頭頂の四つのくぼみ探りをり忘れむとする生涯《ひとよ》の傷痕

このままに包まれゐたしここちよく夫の好みし古き浴衣に

保護色の庭履きの辺《へ》に蟬のゐる地下と地上の命終へなむ

「木斛《もっこく》の葉陰に鳩の卵抱く」若き庭師は小声に告げぬ

映像のひとつ

摩天楼の瞬時に崩るる地獄さへ映像のひとつ我等の末世は

中国旅行　二題

西安城壁イルミネーションに縁どられ人民の小屋堀端を這ふ

八達嶺支へ来し民の若人とアメリカ人のスナップありて

山茶花

立冬の朝しつとりと和みゐて『城の崎にて』の蜂を想へり

夕日させば山の端ぐつと迫り来てま近の鳥も絵の中に飛ぶ

声荒げ悪態つけばときの間は釣合ひをるや我がヤジロベエ

ガード脇にほんに小さく縄張らるきらめきをりし酒屋の跡地

老いぬれば賀状の多弁もふむふむと整理終へたり臘梅香る

木斛は鳥の古巣を残しつつ新芽出しぬ寒の日ざしに

山茶花は咲きに咲きなほ咲き止まず我はひねもす失せ物探す

春生るる児

栖鳳の金の屏風の雀たち思ひ思ひに輝きをりぬ

口ゆがめ重たき鍵を掛けてゐるをかしな顔をドアは見てゐる

遠つ国の娘へ送る宛先をすらすら書けり帰国ま近し

あかり消しま夜の湯ぶねに想ひをり春生るる児は今いかならむ

お地蔵様と

雨のあとわつと萌え出すはこべらの七ミリの花摘むやうに抜く

はこべらの生命続けるはるけさを居待の月になほ想ひけり

目交《まなかひ》にアフガンの子の裸足《はだし》ありて暮らしつましく整ひ来たり

さびしさは集ひの後に襲ふなり灯火《あかり》の中に立ちつ座りつ

葬儀場を集会場へと戻しゐる桜若葉の木洩れ日のもと

乳房一つくいくいくいと飲み笑む吾子にお地蔵様と母は呼びかく

すぐお帰りよ

「幸せは季節《とき》の慣ひの繰り返し」老母の願ひ梅酒に込めて

ありがたうすぐお帰りよ遠いから眼を潤ませてけふも云ふ母

祭りとふけふの施設のにぎはひに母は怯えぬ「常と違ふ」と

鳩ふいにつつじの下より歩み出で銜《くは》へては放す巣づくりの枝

うつうつと朝顔夕顔播かず過ぎ草むら走る蜥蜴ながむる

五年生

若きらが細きスーツに身を鎧ひビル街急ぐ黒き夏来ぬ

カラフルな下着をつけて現はるる倅たしかに人の夫《つま》なり

指先で草抜きをらむ素藁の帽子動かず建仁寺境内

五年生は尻と足裏のみ白く母と互角に争ひをりぬ

総身にて呼吸するならむ手の中のみどり児の腰強く波打つ

駅の光

ふり返る駅の光はやうやうにわが眼の高さ　坂あと少し

木戸さんは秘密の姓持つ級友《とも》なりき　鍋くくりつけ村ごと消えつ

あの頃は障子の桟も白かりき亡夫が粥炊き運びくれし日

枯枝の見ゆる窓辺に花の鉢　わが晩年はこれのみならず

唇に触るるグラスの薄ければ今壊れむと眼閉づるも

光となりぬ

ただ一人真夜の診療受けしより定まりにけり暮らしの心

背を屈め坂登る人亡夫に似る　追ひ付きて肩たたきし日あり

小《ち》さ《ひ》児は光となりぬなりはひの確かならざる息の家庭に

はやばやと一歩踏み出す足指のしめぢのやうに並びゐる児よ

つつましき葬儀の車今発ちぬこの循環バスも従ひて行く

一本のローソク

梅が枝の真下に曲がる渓流は縮緬のごと波立ち流る

何の樹か楼門よりも丈高く梢日ごとに紫だちぬ

白木蓮は朝陽にどつとふくらみて今飛び立たむ鳥の群なる

一本のローソク立てる小さなケーキ児は細き眼を縦長にする

唱はるる誕生讃歌に手をたたき自らの名に身を揺すりをり

すこやかに

頭頂の古傷じわりと痛み初む生涯《ひとよ》たしかな雨の予兆は

孤老の死ひそひそひそひそと伝へらる時折窓は開いてをりしか

廃業せる銭湯の女主人《あるじ》の葬送に人と車の道ふさぎゐる

正午ちやうど幼稚園バスは帰り来る先生一人笑みて乗りをり

すこやかに老いる筈だつたわたしらの電話はけふも静かに終る

四人家族

補聴器をはづしてはうつと息吐けば百日紅より風の通り来

釣りたての鮎の塩焼き香りよし桂川上流まつすぐの雨

アルバムの和室のけはひ異なれり　お仏壇なかりけり十二年五月

御霊会は病めるわが背子守《も》らざりき祭囃子は遠く響けり

午睡より覚めたるになほ浅瀬にて四人家族の魚追ひゐる

鰯雲はるか

車椅子の母の転院三度《みたび》なり「晴れてよかつた」と並木見上ぐる

つかの間の輝きなりし　沿線の家の狭間に稲穂の夕映え

運動会の出番済みたり児はひとり手洗ひ場占む爪先立ちて

「歩けるわ今年中には」母の声細くなり来ぬ鰯雲はるか

夫の声遺るやうなりひつそりとまだ構内にある公衆電話に

さくらはなびら

さりげなく病の節目知らせ来る　友よこれから日脚は延びる

夕暮に帰り来し児の前髪にひとつ灯れるさくらはなびら

いつもいつも母は言ふなり夢見よくやはりあんたが来てくれました

さびしさは厨の一日《ひとひ》覆ひつつひとつひとつの煮物に滲みる

わが開く莢《さや》の中なる豌豆《ゑんどう》豆を児は摘み出す小《ち》さき指して

豆よりも小さき爪なり薄紅とさみどりの豆つぶつぶ動く

お尻上げ腕立てすれど前進できぬ　遂に赤子は畳をなめる

術後五年

摩《さす》れども温たうはならぬ「今夢で歩いてゐた」と言ふ母の脚

蔓草の葉裏半ばをびつしりと卵占めをり刈らず戻しぬ

わが前にわが脳《なづき》見る夢にをり術後五年の検査終へしも

髄膜腫手術

来ぬバスを待つ根気失せ坂下る転ばぬやうに転ばぬやうに

バス停に残りし女性《ひと》と駅に会ふ産む力とは待つ力かな

鎮守の闇

疎開つ児《こ》は鎮守の闇をおそれつつただ祈りたり神風吹くを

浅瓜の葛煮に生姜香りたち浴衣直せる母の手見ゆる

盂蘭盆会まゐり集ひてみな往《い》につ白さるすべりひたと静かに

包丁だけは納《しま》ひて眠る慣ひなり君の怖れの我にうつれる

敬老の日　母はひねもすもの言はず動かぬ指を動かさうとせり

松の葉を

街灯に生《あ》れしわが影添ひくれど影踏みの影著《しる》かりしかな

虫のやうに人は並びて待つものかながながと続く病院の廊下

諦めは身体が先に知るならむ一枚一枚衣《きぬ》脱ぐやうに

松の葉を両掌《もろて》に包み整ふる老いたる庭師夕映えて在り

よどみなく児は語りゆく絵本の場面聞き覚えたる父の口調に

西洋梨をやはやはと剝く果物の大好きな児をもう待ち得ずに

保育園の公用語は語尾強し「ナア」「デエ」「ヤア」と念を押す

桃の花咲けば偲ばゆ

伯父の抱く箱に眠りて妹はゆきてかへらず風花のなか

如月の光降り初むる野の道を身の丈くらゐの影と歩める

あぢさゐの硬き芽を割るさみどりよ日ごと色濃き葉を開きゆく

けふひと日もの言はぬまま暮れゆかむ佗助一輪葉陰に見えて

桃の花咲けば偲ばゆすがやかに君は歩みき下照る道を

たまゆらのしじまの後に友の声　疾うに消えてゐてをかしくない

一息に三本のらふそく吹き消して児は声も出ぬ一瞬のあり

お迎へに来て下さいと歌ふがに母を呼ぶ児の春休み終る

介護認定

怪しきもの乗り移り来て止まらざり　桐の材より人形《ひとがた》彫りゆく

「大声出すか」抑へてゐると叫びたし介護認定の答へは有無のみ

散りゆかむ盛りの白木蓮たそがれに音なく雨の気配満ち来る

のけぞりて哭く子を抱ける母もまた泣きたかるらむ混みあふ車内に

右の手の箸遣ひよく人形にもの食はせをり左利きの児

母の手は指先紅くやはやはと右のみゆつくり開いて閉ぢて

さみどりの香も豊かなり

耳も目もおぼろなる母右手にてわが手まさぐる荒れてると言ふ

前脚が自由になるまで永かりけむ人になるまで更に永かりけむ

さみどりの香も豊かなり今宵までメロンの内外を流れたる時間

母さんは歓声と言ふその叫びしんとした児だつた君の父さんは

青柿のくるりくるりと肥りゆくそれが見たくて回り道する

音もなく

通院ばつかりあゝ嫌だ嫌だ『にごりゑ』のお力《りき》の呻きに及ばざれど

音もなく点滴輸液は落ちゆけり時の消えゆく形を見たる

けふの母呼べど摩れど覚めざりき体位交換表枕辺にあり

わが病めば思ひのほかに多くあり杖つく人が昼間の街に

頭から骨一筋が残りゐる隣りの席の秋刀魚の皿には

太極拳

ここからは各駅停車となる駅の階《きだ》高く見ゆ雲垂るる日は

太極拳できたぢやないか病む左脚《ひだり》束の間ながら総身を支ふ

麻糸の縺れるところくぐり抜けふうつと天井まるく見ゆ　朝

頭頂の術後の凹みふすふすと動きゐるらし繋がるもあり

枕辺に近づくけはひ

賀状印刷頼む工場は機械三台気の合ふ主人の髪薄うなる

夕陽受けつかの間まぶた動きけり脈かそけくも生命ある母

姓名乗り電話受けしは幼なり兎のやうに時駆ける児よ

「雪だるままだとけてないと思ひます」ないを力みて三歳九ヶ月

枕辺に近づくけはひわかるらし弟の名を母は呼びたり

てふてふになりたい

補聴器を通せば音の割れること知りつつ聴きゐるチェロ協奏曲

襞ふかき「源氏」の造語よ　柔らかい漢語となりて晶子の源氏に

何を切りどこに置いたか朝刊の中程にある穴の長四角

てふてふになりたいと言ふ児の瞳吸ひ寄せられて砂時計落つ

救急袋

傷つきし鳥のごとくにとまりゐる雹に打たれし盛りの白木蓮

指導者は隣家《となり》の主婦なり太極拳粛々として女ら従ふ

話しつつ首垂《かうべ》れ来て黙す友　遠山並を黄砂遮れり

どこへ行こ丸竹夷《まるたけえびす》二《に》押《おし》御池《おいけ》　行くとこがない春の日ながい

救急袋にまづは錠剤　六十兆とふ細胞支ふる六種の小さき

「日本敗けたげな」

我の名をすんなりと呼ぶ君の声　高き低きを聴き分けて来し

ゆくりなくあなたの遺せる文に会ふわたしの棺に納めてゆかむ

ひらりはらり白き光を放ちゆく診療待ちつつ鶴折る人は

みどり児の瓜のやうなるふたつ子が乳母車《くるま》に待てり眼科診療室前

昼くらき鎮守の森にゐたりけり声低かりき「日本敗けたげな」

薄い影

橋渡るのつぽになつてる薄い影　彼岸に届かず河に流るる

新聞を繰ればカリカリ響くなり新補聴器の捉ふる音は

剝かれたる跡くきくきと柿あまた軒につるされかすかに揺るる

七人が一匹の子豚演ずといふ幕の端より硬くなる見ゆ

まつ先にあの子がとび出し小さき手に舞台押すやう踊りて歌ふ

地獄絵を極楽よりも見たかりき清水坂の店の奥処に

主客は少年

御節つくりきつぱり止めたる大晦日昼間を臥せば時も止まれり

取り寄せし御節美しさりながら菠薐草《はうれんさう》ゆでゐる　主客は少年

娘の子供たち

上の子は貌も身丈も長くなり〈ええ、まあ〉などと静かに応ふ

下の子は身幅がつちり笑顔にて頷くのみに手伝ひくるる

少年二人宿りし跡はすがすがと畳まれてあり朝の早きを

バス停の向ひの床屋の料金表　小人はコビトと踊らせてみる

折れ曲り折れ曲り

食べ物を母受けつけず胃の吸引始むとふ知らせ　戌の刻なり

寝たきりの人に流動食の続きをり苦しからむと乗り継ぎ急ぐ

おかあちやんカズコですよと呼びかけぬ子に還る吾を聞き給へかし

ありがたう　大き声にて言ひ給ふ言葉聞かずに幾月経たる

折れ曲り折れ曲りして坂道は登るがよろしけふ気づきたり

阿蘇登るスイッチバックの車窓に見き　赤牛の群放たれて悠然

すべり台

ぬるぬると汚れたる人抱き起こす疲れし時はいつもこんな夢

揚げものはもう無理ならむと鍋も捨てふと恋しかり白魚の味

ora orade shitori egumo と響きたり告別ミサのラテン語の祈り

ぶらんこを立ちこぎしつつ両足をついと浮かせつをみなご五歳《いつつ》

すべり台すべり板より登りゆき横臥せのまま下り来る子は

鋳掛《いかけ》せるアルミの鍋をさいごまで母使ひたり　その軽きこと

ベビーカーごとがつと抱き上げ駅の階降りゆく人の勢ひ変らず

運動会の鉢巻のごとレジ袋たたむ息子の指を見てをり

ドウイタシマシテ

稲妻の走る痛さの腰宥め若葉の間《あひ》の青空見上ぐ

諍ひをわびるあなたに応へせぬ朝ありにけりあやめ咲く頃

あさがほは紺一色のみ深かりき君逝く前も逝きたる後も

幼児は使ひたくつて仕方がない礼言ふ我にドウイタシマシテ

戒名は要らぬと言ひし君なれば我にも遠し連なれる文字

名を呼べど家の内外に子は見えずあ、　自転車がない日は陰り来て

まる三かく四かくと桝目埋めながらこの子の世界が創られをらむ

柔らかき陽射しに見れば蒙古斑うすらに拡がりとけこみてあり

宇治陵

一点一画宛名の文字はきりきりと松村氏より投稿用紙届く

宇治陵と呼びならはせる山の端につるりつるりと陽の溶け落つる

三角形に小さな日の丸垂れてゐるさざんくわの垣根尽きるあたりに

運転手の饒舌止みて三二八〇円　補聴器はづしただ座りゐき

訪ね来し息子がはうと声をあぐ上枝下枝に紅梅照れり

書斎から眺めよきやう植ゑられし紅梅咲くを君は待ちゐし

おばあちゃんはおさんどん?

出張の母の帰りを待つ子なりけふの日付をひとりごとに言ふ

リュック背負ひ気軽くここに来しものを三十余年の住処となりぬ

古い文箱から

たまさかの母の文には客の名を記せるもありその多きこと

桜木を望みし我に植木屋は「一年の守《も》りをようしやはりますか」

山科の里

ひねもすを皐月のうぐひす聞く住居引越し荷物はゆるゆる解かむ
三世代住居

形よく干さるる藍の作務衣あり紋白蝶《もんしろ》一匹高く飛び立つ

こんな小さな川辺に群れる蛍かなこの世あの世の境目おぼろ

放つておからうと息子の言ひし翌朝に不調の補聴器直りてをりぬ

友、自宅療養に

車椅子操り慣れて「ほら、これ」と重度障害者保険証を示したり

聴く力弱くなりたる私にいつしか人の耳朶《みみ》を見る癖

補聴器をはづせばやがて〈蜘蛛の糸〉に縋る者らの呻き満ち来る

兄弟の写真

大阿蘇の涅槃岳背に兄弟の写真届きたり私の誕生日

傍らに添ひゐる人は小さかりピンクの似合ふわが娘なり

くりかへし弟語ればわが裡《うち》に幻ならず伯父との別れ

車窓より身をのり出だし軍帽を振りつつ消えぬ　最後の姿

かけつこによくがんばつたさうであるあかねさす日を我は伏しゐき

どちらだらう歩けないから歩かない歩かないからよけい歩けない

北風をつんのめりながら我に来てやあと手挙げし百万遍角

七歳《ななつ》詣り

針持たぬ暮らし幾年　迫られて一音節づつ追ふやうに縫ふ

着物襦袢の袖丈如何　君送りて後和服着ざりき

ますぐなる童髪こそかはゆけれ結ひ上げられて飴袋持つ

うつつには繋がりあらぬ人あまた夢の投網にをどりては消ゆ

腰部脊柱管狭窄症

われからに厳しき手術選びたり母への詫びの声に出で来る

撃たるるを知りたる鹿の瞳して父は遠くを見つめてゐたり

足型の冷たきものをさすりをり血液循環剤停止の真夜を

「手術無事に終りましたよ」ああこれは息子の声なり近ぢかと来る

平衡感戻らぬ我は小春日のやさしい雲に紛れゆくらし

ふたたびの厨

「火の用心」と拍子木の音過ぎりゆく　なだりの藪は黒くさやげる

若き日と変らぬ強き筆圧に庭の小鳥を友は伝へ来

縁側の車椅子より観てをらむ山雀の腹、羽の斑点まで

ふたたびの厨に立てば偲ばるる家事がしたいと泣きし義妹よ

何といふことだ

名を呼ばれ気がつきたる救急車内　何といふことだ路上に倒れゐしか

通院帰途

脳内出血半身不随と診断さる左だらりと海月のごとし

青空の裳裾のごとき東山さざ波うちてなだらかにあり

青空を銀のガガンボ輝きて雲のはたてに消え去りゆきぬ

「ゆつくり」と療法士は常に言ふ花瓶のチューリップゆつくり開く

白き鳥はばたき過ぎるつかのまの象《かたち》さやかに我が裡にあり

いづこより解《ほぐ》れし綴ぢ目　友ら来て我は温とく世と繋がれり

丈高く枝葉さやなる一本の樹　自らゆるる風受けゆるる

はじめての欠詠号はさびしかり「塔」六月の光あびながら

歩行器に歩み初むれば左身は右に寄り来る　リハビリ一〇〇日

比ぶるなら昨日の我とけふの我　だいじにすべしわづかの上達

やうやつと十首

をみな子は土筆のやうに背丈伸び〈入学式〉も今は昔か

やうやつと十首書き出し投函頼む長刀鉾は今どのへんやろ

制服の背《そびら》に髪を解き放ち看護師長は階を帰りゆく

ただいまと声をのこせるつかのまのあなたの背なり　八月尽

片隅に遠く見えてた階段に今私はのせようとする左の一歩

身の内外嘆くべきことありながら折りたたむごと刻は重なる

看護師よりカンゴフサンが合ふ人に爪切り頼む柔らかき手よ

朝来て夕に帰る鳥打帽ひつそり妻の爪みがきをり

看護師はマスクの上の眼に笑ひちくりと刺しぬ季節型ワクチン

ただひとりなり

霧雨が本降りになり山影は朱ふふみつつ雲に溶けたり

退院後の住居へ

食堂《レストラン》に定位置占める人二人いつもひつそり話し込みをり

違和感のなければ入居を決めむかと傾ききたり外面は夕陽

見渡せば老女ばかりの映画会　紅茶いつしら冷めてゐるなり

髪型の童になれる我なれば心戻らなその素直さに

心には適応せりと思ひつつ身のストレスは肩に凝りゐる

両隣まだ空きをれば音高う〈第九〉に浸る　ただひとりなり

青空はかーんと乾いて高々とぬり絵のやうな雲型浮かぶ

一隅に生れたる拍手拡がり来杖もつかざる九十四歳誕生日

残れるは車椅子組　食堂は食器の音の高う響ける

書斎よりしんどいしんどいとふつぶやきの暁あなたは声のみの人

けやきの芽吹き

一間の窓に眺めるわが自然　けやきの梢越えて大空

外の面にはうす紅《くれなゐ》の網揺れてけやきの梢やがて芽吹かむ

さみどりに芽吹けるけやき朝な夕な勢ひを得て天に伸びゆく

芽吹きには早き遅きのありながらけやき若葉は風に波打つ

雨上りけやきの幹はくろぐろと水をふふみて若葉を支ふ

暮れなづむ

お願ひするわありがたうを繰り返しけふの一日がなほ暮れ泥む

暮れなづむ雨のあはひの大空を過ぎれる鳥の翼をもがな

若き人は蟬の音《おと》とふ蟬の声厚き層なし並木を覆ふ

蟬の音《ね》は哭き声ならず機械音車の音を消してしまへり

右手の世界

どんな姿勢どんな手付きに書きしかな習へるままの素直な文字は

住み慣れし地域は我の故郷《ふるさと》かこだはりもなく住居《すまひ》捨てしも

壁の書は〈お正月〉に改まる何処へ跳ねる力ある文字

右手には右手の世界あつたのだ左利きの子習字好きなり

呆然たる間に

幾たびも命の危ふさ告げらるる人に今日より痰吸引酸素吸入

淋しいよふくらみほしと言ひながらあなたは逝きぬあなたを貫き

休日に研究室《ラボ》へと夫は出《い》でゆきぬをかしと追ふまま闇に覚めたり

あぢさゐはさみどりの葉を開きをり大災害に呆然たる間に

見上ぐれば紫だちてけやき木はちひさき新芽並び立つなり

〈ロケット〉を胸に納めて青年は〈医〉を選びたり災害のなか

夫がゐてそのあとおぼろともかくも夫ゐたりけり声は聞かざれ

今聞きしはすぐ消えゆきてその洞《ほら》は夕日に染まるれんげ畑など

左大きく

女子《をみなご》の手の柔らかさ　壁に貼る〈元気〉の気はなまるあげよう

右手なら使ひこなせる左手の障害者用箸左手とまどふ

四点杖歩行始まりぬ　いよいよなり杖はアルミに藤描かれて

左大きく踏み出し歩幅作れ　姿勢正しく頭を上げて

夜汽車の音

〈巻一読み定石得よ〉と茂吉言ふ　こたびは無心に朗詠試さむ

お隣りの入居者百歳

向きあへば何とも柔和な媼《おうな》なり姿正しく身だしなみよし

悲しきはわが窓からは月見えずけやきの梢ただにさやげる

ＭＲＩ検査・補聴器はづす

ドーム内に響ける音は夜汽車なり昔の遠く小さき音なり

転倒は左身不随の後遺症　わきまへいたはり健かにあらむ

アルハンブラの迷路

目覚むれば母と並びてみどり児が眠りてゐたりかの神無月尽

雨の日は縁日のひよこ縁側へ入れて育てき　やさしき子なり

鰯雲静かな海の底ひにはけやきの梢錆朱に揺るる

人形の首据うるごとわが頭背骨に乗せて歩めば軽し

紅葉はかの紅と思ひゐき外の面のけやき尽《すが》れて散らむ

明日からは良い子になるとランプ消す雨は静かに降り続くだらう
アルハンブラアルハンブラの迷路ゆく海の開ける断崖までを

くるくる回る

ずり落ちる『高安国世全歌集』引き止めむとして我も引きずられ

厚さ7cm御自筆署名と篆刻押印　1000分の700部とふ稀覯本なり

「歌作り難しいでせうホームでは」刺激、情報少なきところ

何よりも人とのトラブル避けようと自ら貝の蓋閉ぢてをり

我もはや用なきマウスか部屋内《へやぬち》を車椅子にてくるくる回る

学童保育は三年生まで

黒髪を背《せな》に垂らせる新四年生首かけ鍵をお腹《なか》にひそめ

左脚強化の訓練始まりぬ　重心を左に前へ進めと

立ち上り窓のあけたてできるのはわが指雲に触るる日ならむ

真夏の王者

もえぎ色表と日陰とりまぜてけやき若葉は梅雨に入りゆく

お互ひにオクサンと呼んで元奥さん腕に手を触れすぐに睦まじ

はじめての行きたくて行く外出なり　車椅子にて大阪歌会

風のなきけやきの枝のつかの間を小さな雀が揺らせてゐたり

数知れぬ蟬を住まはせとどろける欅並木は真夏の王者

十三回忌

朝な夕な掌を合はせては語りゐる小さき遺影の穏やかな笑み

車椅子持ち上げられて本堂まで読経始まる　君の十三回忌

哀しきは墓参なし得ぬ我が身なり墓は寺の裏山なれば

若き日に君は大役務めたり墓幾十基の移転と改修

過去帳と墓石を照合し指凍ゆ遠くに焚火見え隠れして

お土産

身に浴びし光の強さはげしかり足裏《あうら》の隅まで鼓動伝はる

照り降りの日を重ねてはけやき木の紅葉進む黄金《こがね》に錆朱《さびしゅ》

冷えこみの厳しき朝に紅《くれなゐ》の一枝近ぢか陽に透けて見ゆ

お土産はパソコンの中と息子《こ》の家族　娘のピアノ発表会あり

マナーよし青きドレスに演奏を無事に終へぬ四葉のクローバー

我と息子《こ》とかたみに詫ぶべきありながらもやもやもやもやと歳晩の日々

最後の著書

わらわらと鳥の一群れ舞ひ降りて碍子に紛ふ睦月八つ時

若書きに改稿重ね成り立ちし最後の著書の最終章よ

人らみな部屋出づること禁ぜらる我は挑めり君の大著に

春へと動く

日本石油アルジェリア被災

この手もてかの地の宝掘れと言ふ拒否して退社の道は取りえず

ポリエステル繊維の原料石油なりはるかに悼む落命の十人

車椅子を鳩はとりまき進ませず餌まく者と我らを知れば

雨ごとにけやき上枝の銀の珠はつかふくらみ春へと動く

渡月橋

帰りにはふり返つたらあかん渡月橋　授かつた知恵が逃げるさかひに

キョオトオシと母の声来て書き初むる区名で行くのよ今の世の中

三重にも封して捺印三つ現金書留昭和を曳きて

見る見る間桜の花は開くとふ水路に沿ひてけふ車椅子

引き返す道に散り来る花びらよまた来む春は徒歩《かち》に会はまし

けふ殻雨　俯ける葉を雨一日静かに洗ひ葉は透きとほる

呼称

おばあちゃんと息子の娘我を呼び乗じて息子もママを捨てたり

くり返しおかあちゃんと呼びをれば温かいガーゼに包まるるやう

目つぶれば母はシンガーミシンの前にゐる足踏みのご自慢の

筆持たず文読まざる人なりき同じ道を我に歩ませむとしき

補聴器

歌会後の茶碗の始末さらさらと黄色い小紋の裕子先生は

歌会果て一人に帰る街の中言ひたきことの形なし来る

わが聞こえ悪しきを君は知らずあり　聞こゆるさまに君送りにき

補聴器をわが耳として十余年　精度高きを耳は欲し来る

青空に浮かびゐし雲遠のきてけやき上枝は揺れ始めたり

画像見ながら

昨夜《きぞ》は大雨　けやきの梢は葉を散らし上枝に銀の珠連なれり

ポロシャツの前ボタン三つ三十分かかりてやつと止め得ぬ

脳神経内科受診

黒つぽい画像見ながら医師は言ふ「こんなにも脳の死んでしまつて…」

「わが脳《なづき》死んでゐるとは」その後のまはりの声は遠くなりたり

おお帰雁かと見上ぐる黒き一群れは高さ落ちたり烏なりけり

不信の心

ランドセルはわがはじめての鞄なり防空壕に抱ける夜もありにき

遠足は「行軍」と呼ばれ背に括る日ノ丸弁当梅干し一つ

母なべて町角に立ち求めたり武運長久祈る千人針の一刺

亡き夫の友ら賀状に憂へをり特定秘密保護法成立

賀状いつぱいつぶら眼の馬の顔　祖父知らぬ子よ春に六年生

日落つればにはかに冷えの戻り来る北の窓辺を烏過ぎれり

神風は遂に吹かずに敗けにけり日照りの夏を泣かずに歩く

神勅に始まる『国史』を塗りつぶしぽかんと残れり不信の心

「神様を信じない人はかはいさう」見知らぬ級友《とも》が我に言ひかく

この人は静かに神に召されなむ　吾は無に帰さむか夫と同じく

砂時計

砂時計音なく細く落ち続く七十歳代《ななじふ》はあと七十日

不随とはカルテの用語きつぱりと言つてほしかつた左身麻痺と

車椅子手漕ぎをすればくるくると左を軸にまひまひ螺

車椅子はすかひながら進行す祇園囃子の街思ふころ

普遍的リハビリ学は成り立たず生涯《ひとよ》かけ磨く個の技なれば

多田富雄氏

往診のリハビリの師は根気よく理学療法・漢方施術

あの人もゐない

今、誰が何故亡霊を呼び出さむ　紀元二千六百年祝典曲演奏

この世でもあの世でもない住み処人は日々老い　あの人もゐない

これの世にこだはる我か領収書つぶさに見てをりショパン流して

随筆を歌のリズムで読む我がゐるではないか　秋はゆふぐれ

海遊館

渋滞の高速道路下りくれば豊かな緑地窓に流るる

銅板の〈難波宮《なにはのみや》跡地〉ちらり見ゆ　発掘は碩学の執念とぞ

いつしらに車は古き町並へ漢方薬屋・ネギ屋・呉服屋・ラーメン屋

人間が海に遊ぶとふ館らしベビーカー車椅子優先のエレベーター

両側に巨大な水槽組み込まれ連行されたる海のものらよ

編み物クラブ

編み物クラブは船橋さんのボランティア　大正・昭和一桁笑顔に集ふ

グループ活動のひとつ

「手始めにマフラー如何　表編み裏編みのみシンプルですよ」

昔取つた杵柄よろし　やうやう編みは進みお喋り弾む

編み方に間違ひ無きは一〇二歳　編みゐる姿はセピアの写真

帽子ソックス果てはセーターまで己が手に余れば「先生お願ひします」

とどのつまりは船橋さんの夜なべなり　いつまで続く思はざる難行

「私の人生こんなことばかりしてゐたわ」はにかみながら編む手休めず

自営会社の経理務めつつ民生委員・命の電話のボランティアまで

近くの他人

この次は御嶽登ると決めてゐた人は静かに空見あげゐる

円卓の右も左もどつと笑ふ何話せるや小さき声は

旧居の知人が近くへ転居

車椅子で散歩しませうけやき道遠くの親戚より近くの他人です

父の期待にそへぬままじつとしてゐた父の蔵書は積もり続けた

東洋学の碩学

活用とは効果のあるやうに利用すると広辞苑　はしやぐのは誰

笑壺も少し

ぽつぽつと賀状の返し続きをり友の手ならざる友の名ありて

あかつきに足裏押すなど誰が仕業　押して下さい笑壺も少し

身にひつたり沿ふ素材・テンセルは土にかへります私と同じ

進学塾ゲーム

つれだちて自転車部隊で行くからに遊びの地続き進学塾ゲーム

はればれと電話の声は弾みゐて母親《ママ》そつくりのアルトに響く

運動会の応援団も野球部もみんなと一緒の六年生だつた

花咲けば地域に在る子と離るる子格差の段《きだ》とゆめな思ひそ

真実を生きたかるべし

隅つこに見つけ得し席　穴場のやうかなたの人ら小さく見ゆる

やうやつと群れを離れてひとりなりほのかに漂ふ沈丁花の香

身めぐりはぽこりぽこりと穴ばかり吸ひ込まれさうだ次は私だ

呼び寄せて息子・娘にまづひと言「私より先に逝かないでね」

娘の次男数学科へ転じたと　医学部三回生になる筈の二十歳《はたち》

真実を生きたかるべし青年は星つかむやうな数学者の道

消化器へ頭の血さへ参ずるらし食事終ふればこくりこくりと

レストランの居眠り人らいつしらに影見えずなる　欅はさみどり

こんなことをうきうき喋つてしまふとはお伴しますよ地球どこでも

最後の机

調度すべてホテル仕様とふこのホーム心地よからむ旅しうる人

小さき嫗は年ごと縮む来る年も蛍袋はうなだれ咲くも

おそらくは最後の机　平らかに我を受け容れよ車椅子の我

机の上《へ》いつもきれいにしておきたい棕梠の手《て》箒《ばうき》自宅《いへ》にある筈

いきのたまゆら

しびれなほ黒い蚕のうごめくやう　私の神経桑の葉ではない
夕光《ゆふかげ》に揺るる若葉の見えながら根つから弾まぬ小さな心

風鈴の揺れに運ばれすずやかにあの声すなり「鱧ずし旨かつた」

ほんたうに寂しい時は何をするみかん一つを丁寧に食ぶる

カーテンが大きくふくらみ部屋内《へやぬち》まで連れ来る雲にむげん漂ふ

いづちより来るものならむいづ方へゆきなむものやいきのたまゆら

宙に浮かせつ

抗ふあなたは救急車へと抱へらる五月若葉のざわめきのなか

陽の射さぬ静かな部屋に降ろされて濃度高き酸素吸入始まりぬ

「ありがたうながい間」返し叶はずあなたの言葉を宙に浮かせつ

「竹取と伊勢、古今を持つて来て」ああまだ持つ力あり一ッ星なら

「竹取はええなあ」天上界へは御門《みかど》の力さへ及ばざり

分離輸血承諾書にサインするままに点滴パイプは増え続けたり

先生もう止めて下さいでも神様この人に生命《いのち》お与へ下さい

創作ダンス

「いまいつしよにダンスしてゐたわ」眼《まなこ》うすら開いてTさんが言ふ

あの頃は体育実技は必修なり　前期球技は楽しかりしを

唐突にピアノばりばり響きたり解説は〈ワーテルローの戦ひ〉と

火の気なき体育館にいくたびか身を寄せ合ひて残り者我ら

Tさん　あなたが言つたのよ三本の指ぱつと立て「川にしよう」と

ともかくも決まつてよかつた　あの時の救ひの主はただに眠れり

発表の日軽々動きし我らの身ただ単位取得のためにはあらず

Tさんはうつらうつらに逝きにけりときじくのかくのこのみの人

解説

永田淳

『けやき道まで』は

調剤を告ぐる点灯つぎつぎに夫の枠のみいつまでも黒

の一首を含む一連から始まる。夫に付き添って病院で調剤を待つ、その短くはないひとときを歌った一首であるが、よほど多種の薬を処方されたのだろう、随分と待たされている様子がよく分かる。またそれほどの薬を服用しなければならない症状というのは、決して楽観視できない状態であろうことも容易に推測できるのである。「夫の枠のみいつまでも黒」という表現はいかにも不吉な印象を与えるが、状況を過剰に説明することなくしかし、その情景・作者の置かれた立場が鮮明に描出されてもいよう。飛鳥井さんの歌は終始こうした簡潔な表現に依って立つ、そこに一つの美質があるように思うのである。

亡き夫は子の掬ひえし金魚さへ死にゆくものと悲しみにけり

そう歌われた夫も（歌集で読む限りは）すぐに亡くなってしまうのである。遠い過去の回想なのだろう、まだ幼かった子供が縁日で掬ってきた金魚が、いつかは死んでしまう存在であることに思いをいたし悲しむ、そんな夫である。「おお、たくさん掬えたなぁ」と子供をねぎらうのが一般的な親であろうが、それにも増して他者の生命を思いやることができる人物であった、そんなことが読み取れる一首ではないだろうか。そんな人柄・人物であったからこそ、ご夫君を亡くしたあとの飛鳥井さんは夫《つま》恋と呼んでもいいような挽歌を作り続けるのである。

「一人になる心の準備しなくては」ぽつりと言ひて背を向けし夫
背を屈め坂登る人亡夫に似る　追ひ付きて肩たたきし日あり
夫の声遺るやうなりひつそりとまだ構内にある公衆電話に
北風をつんのめりながら我に来てやあと手挙げし百万遍角

夫を恋う、想う歌を一冊からはいくらでも拾うことができる。こういった歌を読むと、飛鳥井さんは短歌の生理、といったものを深く理解しておられるのだろう、ということを強く感じるのである。たとえば二首目、亡くなった伴侶の俤を他人に見るといった詠い方は挽歌としては珍しいことではない。しかし下の句に描かれる回想がいい。決して多くは語られていないのだが、かつて元気であった二人を無理なく私たちに印象づけてくれる。さらにもう一歩踏み込んで読んでみると、若い女性が意中の男性の背中に向かって小走りに追いかける、そんな青春時代のカップルを思わせるようなワンシーンも想像できないだろうか。四首目にも同じようなイメージの膨らみがある。

この四首目、さりげないのだが初句の「北風を」の「を」の助詞の使い方に巧者ぶりがうかがえる。もちろん、「北風の中を」の意味であるが、省略が効果的である。

飛鳥井さんは六十三歳まで京都の私立女子校の教諭をされた後、一九九九年に髄膜腫の手術を受けておられる。翌年、ご夫君を亡くされ、その翌年「塔短歌会」に入会された。こうした経緯をたどってみると、自身の病と伴侶の死、そういった諸々が飛鳥井さんを作歌に向かわせたのだろう、と思う。巻頭から夫の病、そして挽歌と続くのは一集の必然でもあったのであろう。

頭頂の四つのくぼみ探りをり忘れむとする生涯《ひとよ》の傷痕
わが前にわが脳《なづき》見る夢にをり術後五年の検査終へしも
頭頂の術後の凹みふすふすと動きゐるらし繫がるもあり

決して多くは語られないが、自らの病を見つめた歌もところどころに見い出せる。病気の歌はどうしても湿っぽく重くなってしまいがちだが、あまり深刻にならないところが飛鳥井さんの芯の強さだろうか。三首目などは、三句目以降を明確に説明することはできないのだけれど、術後の頭に起こった不思議を愉しむようでさえある。「ふすふすと」といった手触りのあるオノマトペに続けて、対句的な下の句に長く揺曳する気分が読み取れる。

その飛鳥井さんを病がまた襲うことになる。腰部脊柱管狭窄症、そして脳内出血にて転倒、左半身不随。この辺りのことは実際に歌集をあたっていただきたいのだが、普通なら絶望してしまいそうな状況にあっても

　はじめての欠詠号はさびしかり「塔」六月の光あびながら
　やうやつと十首書き出し投函頼む長刀鉾は今どのへんやろ

とあるように、歌が、結社に毎月詠草を送り続けるという営為が、飛鳥井さんを勇気づけ励まし続けたのだと言える。

その後、介護ホーム住まいを余儀なくされるのだが、車椅子という不如意な生活を

送る中で、孫達の成長が大きな支えとなっていく。

乳房一つくいくいと飲み笑む吾子にお地蔵様と母は呼びかく
てふてふになりたいと言ふ児の瞳吸ひ寄せられて砂時計落つ
七人が一匹の子豚演ずといふ幕の端より硬くなる見ゆ
柔らかき陽射しに見れば蒙古斑うすらに拡がりとけこみてあり

蝶々になりたいと言った子がじっと砂時計の不思議を見つめる。吸い寄せられるのは子の瞳であって、さらには砂が落ちてゆく形でもある二首目。掛詞のような「吸ひ寄せられ」が巧みである。三首目は幼稚園の発表会だろう、七人が一緒になって一匹の子豚を演じる（劇は「三匹の子豚」だろう）のである。幼稚園や保育園では普通に行われることだが、「演ずといふ」に大人の目から見た七人で一匹を演じることへの違和感が表れている。自分の孫が、と直接には歌われないが、下の句は省略が効いていてうまい。

幼かった頃にはくっきりとしていた蒙古斑が、陽射しのもとでかろうじてそれと分かるぐらいに成長した孫を見る眼差しは優しいものながらも、しっかりと見るべきは見て精確に一首に仕上げる、そんな力量の持ち主とも言えるだろう。

得てして甘くなりがちな孫歌であるが、飛鳥井さんはそうした感傷的な抒情を排し、しかし彼らの成長を心ゆくまで愉しんでいることがよく分かる。

ホームでの生活も楽しいことばかりではないだろう。ただその生活も歌にすることで、歌材を見つけることで、生き生きと立ち上がってくるようでもある。

ずり落ちる『高安国世全歌集』引き止めむとして我も引きずられ
お互ひにオクサンと呼んで元奥さん腕に手を触れすぐに睦まじ

何冊か重ねてある上に置いたのだろうか、ずり落ちる重い全歌集を右手だけで支えようとして自らも引きずられる。お互いに寡婦でありながらも、悲しむのではなく、どこか笑い飛ばしてしまうような余裕が感じられる。こういった歌には――作者の思いとは裏腹なのかもしれないが――そこはかとないユーモアが滲む。決してうまいタイプの歌ではないが、随所にこうした歌がちりばめられることで、一冊は俄然深みを増す。お行儀のいい歌ばかりが並ぶとやはりつまらないものだ。そうしたチャーミングなところも飛鳥井さんのひとつの個性なのだろう。

孤老の死ひそひそひそと伝へらる時折窓は開いてをりしか
「大声出すか」抑へてゐると叫びたし介護認定の答へは有無のみ
ora orade shitori egumo と響きたり告別ミサのラテン語の祈り

他にはこういった歌に注目した。

独居老人の孤独死であろう。何日も窓が開かないことを不審に思った人の通報で初めて判明した、そんな背景が説明的にならずに過不足なく読み取れる一首目。○か×かの二元論、デジタル思考でしか物事を判断できない行政への怒り。宮澤賢治の「永訣の朝」の忘れがたいフレーズの本歌取り。いずれも同じようなテーマでありながら、他人の死を思いやったり、感情的になったりと歌い方はバリエーションに富む。

お住まいのホームに飛鳥井さんをお尋ねした折、繰り返し「なんの変化もない生活で、歌も単調で」と仰った。そんなことはない、一冊は一人の女性の過去や現在、生活や信条、家族や友人など多彩な断面を、ページを繰るごとに見せてくれる。

ホームの前の大きな欅の並木道を眺めながら、飛鳥井さんは今日も歌を作り続けておられることだろう。それはすなわち、飛鳥井さんの日々の原動力でもあるのだから。

あとがき

いまのうちにしておくその〝今〟を逸してしまひ誰もが死んだ

河野裕子『葦舟』

裕子先生、私は辛うじてその〝今〟を逸してしまわず一冊の歌集を上梓するところまで辿りつくことができました。

最初はＮＨＫ歌壇からやがて塔短歌会へ（二〇〇一年）。「欠詠はあきません」に素直に従い今日まで続けて参りました。

その間、選者の先生方、塔の皆様から、折々、具体的なご講評、お励ましをいただきありがとうございます。

体力の衰えにつれ、誌上の作品を歌集として残したい想いが強くなり、選歌の段階から、永田淳様にお世話いただきました。

私は、高齢者になる直前、思いがけず髄膜腫の手術を受けました。名医のご執刀を得、奇跡的な回復と診断されましたが、夫にも私にも衝撃は大きなものでした。夫の病状も限界に来ており翌年亡くなりましたが、最後の一年充分な介護のできなかった悔いの念、喪失感はいつまでも消えないまま。このような心から「歌」に惹かれて行ったのです。

挽歌、回想のつぶやきに始まった私の歌は、河野裕子先生のカルチャー教室の受講、塔への投稿、歌会への参加により、「何でもない歌」の世界へ広がって行きました。

同じころ、息子の家庭に女の子が生まれ、その成長が一筋の光となりました。――伸びゆく明るい光と消え去る淋しい光の交錯を克明に捉えていただき、作者の私が感じ入っております。

この子の成長を若い父母と共に見守ろうと、住居を整え身近に暮らしたのも束の間、歌集の中に詠んでおります顚末になってしまいました。

常に介護を要する身となった私は、京都を離れ、旧知の小野和子先生、佐藤令子さんが見つけて下さった枚方市のホームに移り、七年めになります。このホームはけやき通りに面し、窓辺に展開する欅の四季を詠み続けてゆくままに「ただひとりなり」の私は欅という自然に包まれて行くのでした。

歌集のタイトル『けやき道まで』は無理なく生まれてきました。

「こんな筈ではなかった」晩年の日々。しかし静かに思えば、亡き夫と私の何かを引き継ぐ人たちに会うことができ、その伸び行くさまを「歌」に残し得た日々であったのです。

生命はこのように継承されるのでしょうか。

歌稿は折々の想いを込めた暮らしの記録のようなものでした。

永田淳様に掬い上げられ、あらたな物語を創造していただき、心より感謝申し上げます。「解説」も「帯文」も共にお願いし、出版に関して始終、細やかなお心遣いをいただくという幾重にもご負担をおかけ致しましたことお詫びと、あらためての御礼申し上げます。

花山周子さま、歌集に、暖かな光をお与えくださりありがとうございます。

西之原一貴さま、ご丁寧にバックナンバーを探して頂き、発見された歌は歌集の中で生きています。ありがとうございました。

「病」・「死」から始まり「生」を詠ってきた私の「歌」は「老」の前で戸惑っています。歌集の上梓を機に一歩踏み込む力を持ちたいと願っております。

二〇一六年五月十日

飛鳥井　和子

付記　塔誌上名について
入会時二〇〇一年～二〇一二年十二月、堀和子
二〇一三年一月より本名、飛鳥井和子を誌上名とする

塔21世紀叢書第284篇

歌集　けやき道まで

初版発行日　二〇一六年八月三十一日

著　者　飛鳥井和子
枚方市香里ヶ丘三―八―五二―三〇五（〒五七三―〇〇八四）

定　価　二五〇〇円
発行者　永田　淳
発行所　青磁社
京都市北区上賀茂豊田町四〇―一（〒六〇三―八〇四五）
電話　〇七五―七〇五―二八三八
振替　〇〇九四〇―二―一二四二二四
http://www3.osk.3web.ne.jp/~seijisya/
装　幀　花山周子
印刷・製本　創栄図書印刷

ISBN978-4-86198-348-1 C0092 ¥2500E